Sophie S   4. I. 2002

Fataphysique   ...

(Jarry)

CANTILÈNES EN GELÉE

BORIS VIAN

Cantilènes
en gelée

Barnum's Digest
Vingt poèmes inédits

PRÉFACE ET NOTICES
PAR NOËL ARNAUD

CHRISTIAN BOURGOIS ÉDITEUR

BORIS VIAN, POÈTE

Nous n'entreprenons pas une analyse critique des poèmes de Boris Vian. Nous ne cherchons pas à les installer dans la longue histoire de la poésie française ; nous ne tentons pas de déterminer les influences qui peuvent s'y faire jour ou, inversement, la part d'originalité qu'ils révèlent.

Notre tâche est simplement de publier ces poèmes et de communiquer au lecteur les renseignements que nous avons pu recueillir sur les dates et les circonstances de leur composition. C'est une première mise en garde ; la seconde, la voici :

Certains, qui n'auraient peut-être pas tort, verraient la poésie de Boris Vian autant, ou même davantage, dans ses romans que dans ses poèmes. Il est évident que L'Ecume des jours ou L'Arrache-Cœur baignent de poésie. Les surréalistes

(Gérard Legrand, Georges Goldfayn) jugent L'Ecume des jours (en 1953, en 1956, quand personne ne le lisait) un admirable livre, un des très rares romans de ce temps qui méritassent d'être lus. Les surréalistes de stricte obédience ont toujours manifesté grande méfiance envers le « roman ». On peut donc gager qu'ils goûtent moins dans L'Ecume des jours l'anecdote, ou la construction du livre, ou la conduite du récit, que la poésie dont chaque geste des personnages, chaque décor irradie. Cela dit pour qu'on veuille bien admettre que les poèmes de Boris Vian publiés dans le présent volume ne sauraient constituer toute la poésie de Boris Vian.

Du reste, à s'en tenir aux seuls écrits ayant pris forme de poèmes, Boris Vian est l'auteur d'une ample série d'œuvres qu'on ne lira pas ici, et dont les premières remontent à 1940, peut-être à 1939. Dès 1943, il songeait à en faire un volume sous le titre des Cent Sonnets. En 1944, le recueil, gros de cent douze sonnets dont six « en forme de ballade », illustré de nombreux dessins hors texte aux encres de couleur de Peter Gna (frère de Michelle Léglise, première épouse de Boris Vian), précédé d'une minutieuse table des matières, était thématiquement ordonné et bénéficiait de la protection d'une solide reliure à anneaux.

Au long des années, Boris compulsera son épais manuscrit, y introduira maintes retouches et corrections, fera dactylographier plusieurs poèmes. A une époque tardive, il reprendra et modifiera le classement des poèmes par thème, conservera cinquante-deux des cent douze pièces initiales et les recouvrira d'une chemise portant le titre Cent Infâmes Sonnets, d'où l'on peut inférer qu'il se proposait de refabriquer, un jour ou l'autre, quarante-huit poèmes destinés à parfaire le nombre primitivement calembouresque de cent.

Calembours, en effet, contrepèteries, incongruités verbales de toutes sortes foisonnent, pétillent, éclatent dans ces œuvres qu'il nous faut bien appeler « de jeunesse », non par bêtification ou béatification, mais parce qu'elles sont chronologiquement au commencement. Il est intéressant d'observer que Boris Vian, loin de renier ces poèmes quasi adolescents comme font nombre d'écrivains qui se désavouent d'une œuvre à l'autre, s'entêtera dans le dessein d'en faire quelque chose, à vrai dire nous ne savons trop quoi. Aux oreilles frémissantes de stupéfaction d'un journaliste avide de connaître la meilleure expression du lyrisme « existentialiste », nous l'entendrons, un jour de 1947, déclamer Histoire de bègue, un des Cent Sonnets, écrit en 1942, en un temps *où il ne pouvait prophétiser l'avenir de Saint-Germain-des-Prés et de ses caves.*

Les Cent Sonnets *paraîtront peut-être un jour ; d'excellents exégètes de l'œuvre de Boris Vian le souhaitent ; ainsi Michel Rybalka* (Boris Vian, essai d'interprétation et de documentation, *Les Lettres Modernes, Minard, 1969) qui estime que « malgré la faible qualité littéraire de la plupart des textes, les* Cent Sonnets *constituent cependant un document de tout premier ordre pour la connaissance de Boris Vian ». Au jugement de Michel Rybalka, on y distingue en filigrane la plupart des thèmes et obsessions qui caractériseront les œuvres ultérieures. Et, à nos yeux, par-dessus tout, la peur de la poésie en ce qu'elle met au jour l'intime de l'individu, en ce qu'elle est confession et dénonciation, voire exhibitionnisme. L'extrême pudeur de Boris Vian le fera toujours chercher refuge dans le langage et ses jeux pour dissimuler sa sensibilité, oubliant que le langage se prête à toutes les fantaisies pour mieux vous attirer dans ses pièges et vous faire dévoiler par les larmes ou le rire, la gravité ou la gaudriole, vos tares secrètes ou vos dérisoires espérances.*

Cette sorte de contrainte que les jeux sur les mots imposent au poète, sous couvert de liberté, on eût bien fâché Boris Vian si l'on avait avancé qu'elle relevait de la rhétorique. Et pourtant elle en procède de toute évidence.

Au demeurant, les premiers essais poétiques de Boris Vian furent jeu pur et avoué. C'est dans l'hiver 1939-1940 que, à Ville-d'Avray, débuta une abondante production de bouts-rimés (ou bourrimés selon l'orthographe de Boris) à laquelle contribuèrent les trois frères Vian (Lélio dit Bubu, Alain et Boris), leur père Paul Vian, Jean Rostand et son fils François (dit Monprince), des amis de l'Ecole Centrale, des voisins, des invités occasionnels. Trente-sept sessions de bourrimés se tinrent en quelque trois années, et les archives de la manufacture, dont Boris s'était institué le conservateur, recèlent quarante-trois poèmes de sa main. Doit-on inclure ces poèmes-là dans ses œuvres ? De bons esprits y seraient disposés qui ne tiennent pas la technique du bout-rimé pour inférieure (à quoi d'ailleurs ?) ou méprisable. Mallarmé, bâtissant son sonnet en -yx, demandait à ses amis Cazalis et Lefébure de se concerter afin de lui expliquer le sens réel du mot « ptyx », et il ajoutait : « On m'assure qu'il n'existe en aucune langue, ce que je préfèrerais de beaucoup à fin de me donner le charme de le créer par la magie de la rime. » Quant à Pierre Corneille, le grand Corneille, on sait que, par

13

la trappe qui faisait communiquer son appartement avec celui de son frère, il lui arrivait en cas de panne — et elles étaient fréquentes — de crier : « Thomas, envoie-moi des rimes ! » Les bouts-rimés de Corneille et de Mallarmé, et de vingt autres qui sont illustres, forment la gemme de la poésie française. Nous ne jurons pas que les bourrimés de Boris Vian y ajouteront d'autres feux, mais assurément, dès lors que la notoriété s'est emparée de lui, on ne les regardera plus seulement comme un divertissement de société. Peut-être y trouvera-t-on matière à réflexion (tel opère un miroir grossissant) sur ses œuvres plus personnelles.

A peine close la période des bourrimés et tandis qu'il écrit les derniers des Cent Sonnets, Boris Vian s'attelle à une tâche exaltante : chanter en vers coppéens les hauts faits de son ami le Major, Jacques Loustalot, que Trouble dans les andains, Vercoquin et le plancton et maintes nouvelles immortaliseront. Le Major n'est pas encore un des héros de Saint-Germain-des-Prés, mais c'est déjà pour Boris un être de légende, une légende que Boris lui-même s'emploie à tisser et à transmettre sans retard aux générations futures (sur le Major, voir Les Vies parallèles de Boris Vian, collection 10-18). En mai 1944, il écrit le premier poème de cette chronique

14

rimée qu'il couvre du titre général Un Seul Major, Un Sol Majeur « *par le Chantre espécial du Major* ». *De ce recueil — qui reçut un instant le titre* Les Intuitions phénoménales *— subsistent, et nous ne pensons pas qu'il y en eut d'autres, neuf pièces. Deux ont été utilisées par Boris dans la troisième partie de* Vercoquin et le plancton : *la première, d'une désarçonnante platitude, intitulée* Les Intentions (*et non plus les Intuitions*) phénoménales, *sort des poches de Fromental de Vercoquin... et le Major y reconnaît — mais il est bien le seul — l'influence de Verhaeren ; quant au second poème, en quatre parties, commençant par « Chaussée d'escarpins verts... », Boris en attribue la paternité au Major lui-même : c'est un pastiche de Victor Hugo, de Baudelaire et de Maurice Rollinat. Sept pièces sur neuf d'*Un Seul Major, Un Sol Majeur *sont datées : la plus ancienne du 12 mai 1944, la plus récente du 12 janvier 1945. Après quoi, seize mois durant, à moins que de nouvelles découvertes ne nous contredisent quelque jour, Boris s'abstiendra d'écrire des poèmes, mis à part un pastiche graveleux du célèbre poème* Liberté *de Paul Eluard.*

Soudain, le 11 avril 1946, la lyre de Boris, oubliée dans un coin, se reprend à vibrer. Ce jour-là, plusieurs poèmes tombent sur sa table. Sans que Boris s'en doute, les Cantilènes en gelée commencent à prendre forme. Notons que ce 11 avril 1946, l'auteur Boris Vian n'est pas encore né. Aucun livre de lui n'a été publié, aucun article sous son nom. Quant au trompettiste amateur, s'il n'est pas un inconnu dans le milieu très restreint du jazz, il s'en faut d'un an très précisément pour que le Tabou-Club, qui ouvrira ses portes le 11 avril 1947, répande son nom dans les gazettes à fort tirage.

Le poète Boris Vian procède par saccades. La rédaction de L'Ecume des jours, l'opération manquée du Prix de la Pléiade, la fabrication fiévreuse de J'irai cracher sur vos tombes et les incidents qui s'ensuivent, l'édition de Vercoquin et le plancton, la naissance de L'Automne à Pékin, et mille et mille activités réfrènent, pendant un an, les élancements poétiques. En avril 1947, nouveau réveil : quelques poèmes, quatre au moins jusqu'en juin, et l'instrument s'arrête. Le 9 février 1948, journée faste : cinq poèmes. Notre sentiment est qu'à ce moment-là Boris a réuni la matière des deux recueils Cantilènes en gelée et Barnum's Digest. Non, pas tout à fait. Cantilènes — qui va se vendre cher — aura besoin d'être étoffé in extremis. Boris complétera en hâte le manuscrit d'un long poème, le plus long de tous, et qui y figure en dernier : Les Frères, écrit le 6 février

1949. D'inspiration, de ton, de forme, il diffère nettement des autres poèmes du recueil. Est-ce d'ailleurs bien un poème ? Boris l'a écrit comme une chanson et l'a traité comme telle jusqu'à en écrire la musique.

Dix poèmes, de la production des années 1946 à 1948, vont soutenir une série de dessins de Jean Boullet où, sous prétexte de cirque, s'affichent les goûts de l'artiste pour toute tératogénie sexuelle propre à changer un peu la face des choses : êtres ambigus, hermaphrodites délicieux, sodomites d'une beauté foudroyante, chiens bien membrés amis de l'homme (et des dames), sirènes, sphinges, femmes à barbe hideuses dont on ne sait qui, du giton, de la tribade ou du hussard, elles peuvent émouvoir sauf à les réunir tous trois sur leur couche. Ce sera Barnum's Digest, 10 monstres fabriqués par Jean Boullet et traduits de l'américain par Boris Vian.

La plaquette paraît, sans date, « aux Deux-Menteurs, 68, avenue d'Italie, Paris », domicile, alors, de Jean Boullet, à compte d'auteur, avec cette justification du tirage : « Cette plaquinette illustrée de 10 monstres tous fabriqués par Jean Boullet a été tiraillée à deux cent cinquante exemplaires numismatés de un à deux cent cinquante. » En fait, nombre d'exemplaires furent mis en circulation non numismatés. Personnellement, nous n'en vîmes jamais un qui le fût. Il est de tradition, depuis les premiers travaux bibliographiques faits sur Boris Vian par François Caradec (Dossier 12 du Collège de 'Pataphysique), de fixer à 1948, après mars, la date de publication de Barnum's Digest. La mémoire de Jean Boullet ayant été, sur ce point, défaillante et comme nous n'avons trouvé aucune preuve contrariant cette hypothèse assez solidement fondée, nous maintiendrons la date de 1948. Assurément, Barnum's Digest a précédé, de peu, Cantilènes en gelée. D'une orthodoxie sexuelle insoupçonnable, Boris Vian portait grande amitié à Jean Boullet qui avait illustré en 1947 une édition de luxe de J'irai cracher sur vos tombes et, en cette année 1948, était le décorateur de la pièce tirée du roman. Ensemble, à la faveur d'un raout au Club du Vieux-Colombier, ils lanceront en 1950 le faire-part de deuil de la chemise à carreaux et recommanderont le port de la chemise rayée. Jean Boullet préparera plusieurs dessins impressionnants destinés à une édition de L'Equarrissage pour tous qui ne verra pas le jour ; il sera pressenti pour être l'un des illustrateurs du Manuel de Saint-Germain-des-Prés annoncé pour paraître en 1950 et publié posthume en

1974, posthume certes pour Vian et posthume aussi pour Jean Boullet, mort en décembre 1970 et dont les dessins du Manuel n'ont pu être retrouvés.

C'est par le journaliste Eugène Moineau, observateur et parfois acteur des charmantes sauteries de Saint-Germain-des-Prés, interprète principal avec Boris Vian du film de Jean Suyeux Bouliran achète une piscine (1947), que R. J. Rougerie, de Limoges, qui éditera Cantilènes en gelée, entre en relation avec Boris Vian. Rougerie s'obstinera dans le difficile métier d'éditeur et saura y préserver une part suffisante d'amateurisme pour publier parfois quelques bonnes choses, en volume ou dans sa revue Réalités secrètes. Il en est alors à ses premiers pas, mal assurés.

Dans l'immédiate après-guerre, son père dirigeait Le Populaire du Centre auquel collaboraient deux écrivains dont la réputation devait s'affermir, Robert Margerit — rédacteur en chef du journal — et Georges-Emmanuel Clancier. Une revue littéraire, Centres (au pluriel), qu'ils avaient fondée, consolait Margerit et Clancier de leurs besognes journalistiques. Rougerie junior — de loin leur cadet — à qui ils avaient inoculé le virus, les suivait sur cette pente dangereuse.

Le Populaire du Centre doit un jour cesser de paraître. Le père Rougerie, préoccupé de l'avenir de son fils, investit une part de son avoir dans une société à responsabilité limitée, la Photomécanique, atelier de photogravure, trait et simili, et de photo industrielle, installée à Limoges, d'abord 3 bis, rue Pierre-Leroux, puis 25, rue Bernard-Palissy. Le jeune Rougerie, patron de l'entreprise, tente aussitôt et tout naturellement d'y greffer un peu de poésie. Georges-Emmanuel Clancier l'encourage et lui dispense ses conseils. On possède un matériel de photogravure, eh bien, c'est avec ce matériel-là qu'on honorera la poésie ! Les moyens techniques réduits dont dispose Rougerie le contraignent au « luxe », savoir à la reproduction autographique des textes, puisque ce luxe-là, fait à la maison et en quelque sorte de ses mains, est encore ce qui coûte le moins cher. Et voilà pourquoi Cantilènes en gelée, second volume de la collection « Poésie et Critique » dirigée par Georges-Emmanuel Clancier chez l'éditeur débutant Rougerie, photograveur de son état, sera un beau livre, tout entier autographique et généreusement illustré.

D'une de ses « virées » à Paris, dont l'absolvent son aimable jeunesse autant que les devoirs de son double métier de photograveur et d'éditeur, Rougerie rap-

porte le gros des textes des **Cantilènes** *et les soumet à Clancier qui les accueille volontiers dans sa collection.*

Peu après, Boris envoie à Rougerie « le restant » des **Cantilènes** *(Les Frères, supposons-nous), mais les parents de Rougerie décachettent la lettre et jettent l'enveloppe au panier. Rougerie ne sait à quelle adresse écrire à Boris. Il confie à Eugène Moineau le soin de lui transmettre le projet de contrat. Seul incident notable dans l'accomplissement d'un projet que Boris suit avec intérêt. Intérêt bien compréhensible au fond : même pour le romancier de l'illustre maison Gallimard, même pour le traducteur émérite et menacé de prison des Vernon Sullivan, même pour la vedette des caves « existentialistes », ce n'est pas rien que de publier un recueil de poèmes, fût-ce chez un modeste éditeur provincial qui se montre d'ailleurs très soucieux de bien faire et de suivre les suggestions de l'auteur.*

Boris autographie des bulletins de souscription... que Rougerie doit tirer « à la main », sa presse étant en panne ! Décidément, tout le condamne au « luxe », pour la joie des bibliophiles amateurs de Boris Vian, il est vrai, en 1949, encore bien hypothétiques :

« *A paraître vers avril, aux Editions R. J. Rougerie, Limoges, Boris Vian,* Cantilènes en gelée, *poèmes vertueux, illustrés par Christiane Alanore. Manuscrits photogravés sur hélio in-coq tous numérotés et signés, tirage limité à : deux cents exemplaires comportant cinq dessins, au prix de F 500, dix exemplaires comportant les sept dessins tirés sur machin spécial et munis en annexe d'originaux vachement calligraphiés au prix de F 3000.* »

En définitive, le tirage sera de 10 exemplaires de luxe numérotés de 1 à 10, 10 exemplaires hors commerce marqués H. C. et 180 exemplaires numérotés de 11 à 190. Le nombre des dessins est conforme à l'annonce : cinq dans les ordinaires ; les mêmes cinq augmentés d'une suite de sept (les cinq + deux), tirés sur une sorte d'Auvergne à la forme, dans les luxes. On rêvait que les deux dessins supplémentaires soient extraits du cabinet secret de Christiane Alanore qui se faisait de son sexe des visions terrifiques dont elle nous livre des échantillons dans les cinq dessins mis à la portée de tous ; non, les dessins supplémentaires sont des plus chastes.

Christiane Alanore est un bon dessinateur que Saint-Germain-des-Prés, où se font alors les renommées, commence à bien connaître. L'année précédente, en

1948, elle illustrait de pointes sèches Le Cheval troyen *de Raymond Queneau.*

Les Cantilènes, *le 15 avril 1949, sont prêtes. Boris eût aimé que les illustrations fussent tirées avec les textes, et non en hors texte. Rougerie n'a pu là-dessus le satisfaire, le papier de l'édition ordinaire est trop transparent. Conséquence (inattendue ?) des* Cantilènes : *Rougerie invite Boris à Limoges pour jouer, moyennant une honnête rétribution, avec le Hot Club local, faire une émission radiophonique et prononcer une conférence « soit sur le jazz, soit sur la littérature américaine, soit sur les deux, soit sur un tout autre sujet à [sa] convenance ». Rougerie imagine aussi qu'on pourrait lire des poèmes des* Cantilènes *avec accompagnement de trompette. Ce qui augmenterait la vente du livre de 15 à 20 exemplaires. Un post-scriptum atteste que la trompette serait un outil bien nécessaire au percement des coffres-forts : « Vos amis, souscripteurs éventuels, sont restés sourds à mon appel. » Le Hot Club de Limoges s'est maintenu dans l'obédience d'Hugues Panassié, que Boris dans* Jazz Hot *et ailleurs assaisonne à toute occasion de ses sarcasmes. « Toutefois, écrit Rougerie, j'espère que comme mes camarades d'ici vous voudrez bien faire fi de ces rivalités. »*

Rougerie suggérait à Boris d'être à Limoges du 6 au 8 mai. Boris ne peut se libérer à ces dates. Et puis il lui faut s'occuper du lancement des Cantilènes *à Paris. Il ne lambine pas.*

Le samedi 14 mai 1949, à la librairie du Club Saint-Germain-des-Prés, tapissée pour la circonstance de vastes compositions de Christiane Alanore, c'est la célébration des Cantilènes. *Le Tout-Paris des Caves a reçu une invitation autographiée par Boris Vian et illustrée d'un dessin de Christiane Alanore montrant une dame toute nue qui s'efforce à humer, dans un mouvement hardi de gymnastique, la fleur de son intimité :*

« C'est avec l'approbation pleine et entière de monsieur Saint Augustin, du professeur Kinsey et de l'annuaire des téléphones que le pirate qui préside aux destinées de la librairie du Club Saint-Germain-des-Prés, 13, rue Saint-Benoît, vous convie le samedi 14 mai 1949, à 18 heures, à l'absorption par voie buccale de mélanges alcoolisés (qu'il dit). Ceci pour célébrer la parution en librairie d'une réalisation de haute portée sociale et philosophique, les Cantilènes en gelée, *poèmes de B. Vian illustrés par Christiane Alanore, œuvre dont l'idée directrice imite trait pour*

trait la démarche des maîtres de pensée chrétienne, de Ponce Pilate à Delly.

« N. B. — La bonne femme du dessin n'y arrivera jamais. Pas assez souple. »

Boris avait pensé d'abord se faire approuver par les « maîtres vénérés Paul Claudel, Henry Bordeaux et François Mauriac » et il se proposait d'inviter ses hôtes « à la vidange d'un litron ». Pour définir la continuité de la pensée chrétienne, Max du Veuzit avait, sous sa plume, précédé Delly et il la voyait, cette pensée, se poursuivre jusqu'à « « l'émouvante inscription qui figure sur la cuvette des lavabos des ouagons S. N. C. F. ».

Telle quelle, dans sa version définitive, l'invitation restait on ne peut mieux adaptée à une cérémonie d'hommage à la poésie éternelle. Il serait trop commode d'expliquer l'attitude de Boris Vian, poète, par sa seule propension au scandale ou par les exigences de la publicité. Connaît-on beaucoup de nos poètes dits d'avant-garde (Dada est bien mort) qui inviteraient leurs admirateurs à la rigolade devant leurs propres œuvres ? Tout, mais pas ça. Rigolons de tout, mais pas de la poésie. La poésie, c'est sacré. La mienne, surtout. On y entre, confit de dévotion, on s'agenouille et on prie. Il suffit d'écouter nos poètes récitant eux-mêmes leurs œuvres : c'est la grand-messe. Et les anticléricaux, les libres penseurs, les rebelles ne sont pas les moins enclins à cette liturgie. Oui, pour ceux-là, Grillparzer avait raison de dire que « la poésie est la religion de ceux qui n'en ont pas ». Boris Vian détestait la religion, toute religion, foi, pompes et rites. L'apparat prétentieux et soporifère dont les poètes jugent bon de s'entourer lui paraissait le comble de la bouffonnerie, et il n'était pas loin de croire qu'il y avait là l'amorce de nouvelles superstitions, les premières fumées d'un nouvel opium. On comprend que ses poètes préférés eussent été Raymond Queneau et Jacques Prévert, qui surent se garder de ces solennelles simagrées.

Le cocktail de Cantilènes fut un événement bien parisien, nous voulons dire très éphémère et sans la moindre portée. Les amis de Boris s'y pressèrent (les quelques-uns qui le savaient un écrivain, la plupart qui le connaissaient à travers Vernon Sullivan, et la foule de ceux qui le tenaient pour un aimable amuseur). On but sec, on prit des photographies : Boris avec le peintre Oscar Dominguez, Boris avec Miles Davis sont deux des clichés qui nous sont parvenus.

Avant la fin, Boris s'était éclipsé. De retour à Limoges, Rougerie, le 16 mai, lui écrit : « *Des boissons trop alcoolisées ou bien l'enthousiasme délirant de la foule ont-ils été la cause de votre brusque départ samedi ?* » *Rougerie revient à la charge pour la séance jazzique et nous apprend que, pour l'instant, il n'a recueilli que quatre souscriptions à 500 francs. Il attend le règlement par Frédéric Chauvelot, patron du Club Saint-Germain, des exemplaires vendus pendant la séance de signature. Mais Chauvelot émet la prétention de déduire du montant des ventes une partie des frais de boisson. Oh ! Poésie ! poésie !*

Six mois après la grande festivité, le diffuseur parisien des Editions Rougerie a vendu vingt exemplaires des Cantilènes (dont quinze ont été réglés). Avec la fin de l'année, la naissance du divin enfant approche. A la perspective des milliers de paires de souliers alignés devant les cheminées, Rougerie commence à croire au Père Noël : *pour les fêtes, proclame-t-il, les Cantilènes en gelée seront un cadeau idéal !*

A Limoges cependant, calme plat : « les libraires ont trop peur », malgré deux interviews de Rougerie au micro de Radio-Limoges, dont l'une a eu les honneurs d'une retransmission sur la chaîne parisienne avec une présentation de Pierre

Dumayet, lequel, affirme Rougerie, s'est montré intéressé par le livre.

A Bordeaux, les Cantilènes ont trouvé sept acheteurs, mais, grisé par sa réussite, le courtier responsable de cet exploit a levé le pied ! Heureusement, les souscripteurs ont été à peu près tous identifiés. Tous ? Enfin, presque. N'en manque que trois (sur sept !) à l'appel. Boris récompensera ces bonnes gens, victimes de leur passion téméraire, par une belle dédicace.

Mais l'événement majeur, en cette fin d'année 1949, opportunément tenu secret, sans quoi la France déjà si éprouvée (Roncevaux, le marquis de Sade, Waterloo) s'en serait percé le flanc d'indignation, c'est l'achat de vingt exemplaires des Cantilènes en gelée par le ministère des Affaires étrangères. Oui, vingt ans après je vous le révèle et je vois votre face qui s'empourpre et que de votre culotte vous tirez le voile de la honte pour vous en recouvrir, je vous en conjure, remettez-vous et le reste ! Si les Affaires étrangères, sous l'effet d'on ne sait quel sortilège, payèrent ces vingt exemplaires des Cantilènes, tout aussitôt, et dans un magnifique sursaut de vertu nationale, elles en interdirent l'envoi à l'étranger ! Motif : les Cantilènes y provoqueraient scandale. Bien honnête et ne sachant que faire de ces exemplaires payés par la

28

France éternelle, mais interdits à l'exportation, Rougerie écrira à Boris : « Avez-vous des amis à qui il vous plairait que le livre fût envoyé ? »

On a comme l'impression que les Cantilènes commencent à encombrer Rougerie. Impression fausse. En vérité, Rougerie, qui s'est jeté d'enthousiasme sur les Cantilènes et les a imprimées avec amour, Rougerie ne peut comprendre que le public boude un pareil livre. Il s'étonne qu'en six mois toute l'édition ne soit pas épuisée. Impatience qui l'honore, mais fait bon marché de l'habituelle indifférence du public français envers la poésie, surtout non homologuée par les manuels scolaires, et du faible crédit qui s'attache alors au nom de Boris Vian quand il ose se présenter seul, en l'absence de son manager Vernon Sullivan.

Le surprenant sera que les Cantilènes rencontreront leurs deux cents lecteurs et que, du vivant même de Boris Vian, le livre deviendra introuvable, sans que jamais on ne le voie chez des soldeurs ou sur les catalogues de livres d'occasion. Et deux cents lecteurs pour un poète, à cinq cents francs le volume qui feraient bien quatre mille d'aujourd'hui (anciens d'aujourd'hui) ou à trois mille francs qui ne feraient pas loin de vingt mille, deux cents lecteurs qui conservent jalousement le livre d'un poète, après tout ce n'est pas si mal.

Chaque poème des Cantilènes a son dédicataire. La plupart de ces dédicaces sont limpides : tout le monde connaît Jacques Prévert (ici Jacques Pré-vence parce qu'il fréquentait fort, en ce temps-là, Saint-Paul-de-Vence), Raymond Queneau (ici Raymond-le-Chien pour Les Instanfataux et Raymond-le-Chêne pour La Vraie Rigolade, à cause de Chêne et Chien, son roman en vers) ou Simone de Beauvoir, Victor Hugo, Verhaeren, Félix Labisse ou Lucien Coutaud. La mère Pouche est la mère de Boris Vian, ainsi surnommée en toute affection. Les Scorpions sont évidemment Colette et Jean d'Halluin qui dirigeait les Editions du Scorpion où parurent les Vernon Sullivan et, de Boris Vian, L'Automne à Pékin et Les Fourmis. Jean-Paul Oudin qui partage, par accolade, avec Jean-Paul Sartre le poème Les Mouches était un camarade de Boris depuis les joyeux jours de Ville-d'Avray. Sur le nom de Brenot à qui est voué le poème Le Grand Passage, un biographe écervelé de Boris Vian a trébuché, voyant incontinent surgir du poème l'auteur de Nadja. Nous devons donc préciser que Brenot n'est pas l'anagramme de Breton (André). Un peu *moins connu, certes, que Léonard de Vinci, Brenot est un peintre, affichiste et dessinateur de mode d'une certaine réputation ; c'était un vieil ami de Michelle et Boris Vian — dont il a peint ou dessiné plusieurs portraits.*

Aussi bien pour Barnum's Digest *que pour les* Cantilènes en gelée, *quand nous avons pu découvrir les dates de composition des poèmes, nous les avons indiquées après chaque texte. De même, pour les vingt poèmes inédits qui suivent les deux recueils dont nous venons de parler. Ceux des poèmes inédits qui remontent au temps de* Barnum's Digest *et des* Cantilènes *et auraient pu, comme on en jugera, y figurer, ne nécessitent aucune explication distincte. En revanche, certains des poèmes postérieurs, d'une tout autre inspiration et d'inspiration fort variée, nous ont paru mériter quelques lignes d'introduction sur les événements incitateurs ou sur le sujet traité : ces courtes notes sont placées en tête des poèmes.*

Je voudrais pas crever, *recueil de vingt-trois poèmes publié en juin 1962 par Jean-Jacques Pauvert, en même temps que* Romans et nouvelles *(réunissant* L'Herbe rouge *et* L'Arrache-Cœur*) et près d'un an avant la réédition triomphale de* L'Ecume des jours, *a marqué le début de la gloire posthume de Boris Vian* [1].

Une seule des pièces fut écrite à la fin de la vie de Boris, celle qui s'intitule, d'après le vers initial du poème (sans titre dans le manuscrit), Je mourrai d'un cancer de la colonne vertébrale ; *il est légitime qu'elle clôture le recueil que Boris avait constitué lui-même, longtemps avant, et donc sans ce poème des derniers jours.* Je veux une vie en forme d'arête *est l'unique texte daté de la main de Boris : il est du 5 décembre 1952, mais nous savons que presque tous les autres sont aussi de ces années-là, 1951-1952, années sombres pour Boris qui vient de quitter sa femme Michelle, vit difficilement de traductions, subit les assauts du fisc tentant de lui arracher des impôts anciens assez considérables alors qu'il n'a plus un sou, habite avec Ursula Kubler, rencontrée en 1950, un minuscule logis au dernier étage du 8, boulevard de Clichy, reste un condamné en instance d'appel dans le procès de* J'irai cracher sur vos tombes, *n'obtient aucun succès avec son roman* L'Herbe rouge, *d'ailleurs à peine diffusé par un éditeur chancelant, essuie le refus de Gallimard pour*

1. Le recueil publié en 1970 (éd. 10/18) et en 1976 (C. Bourgois) comprenait *Je voudrais pas crever*, quatre lettres au Collège de 'Pataphysique et deux articles sur la littérature.

L'Arrache-Cœur *et s'interroge, tel Wolf de* L'Herbe rouge, *sur sa vie, ses actes, ses sentiments, sur les raisons qu'il a de vivre ou de disparaître. Les poèmes sonnent en écho à des notes intimes, fort nombreuses, de cette période, en lesquelles Boris se confesse et doute atrocement de tout et de lui-même. S'il est donné d'ôter un peu de banalité à cette expression, Boris a vraiment* vécu *les poèmes de* Je voudrais pas crever. *Crise grave qu'Ursula, qu'il épousera en 1954, l'aidera avec patience et discrétion à surmonter.*

Les poèmes réunis dans les trois recueils organisés par Boris Vian sont publiés dans l'ordre qu'il leur avait donné et non à la date de leur écriture. Nous nous sommes efforcé, au contraire, de classer les poèmes inédits dans l'ordre chronologique de leur composition.

Le volume se termine avec les quatre Lettres *adressées par Boris Vian au Collège de 'Pataphysique et deux articles importants sur la littérature et la fonction de l'écrivain. Des notices particulières introduisent ces textes.*

Noël ARNAUD.

BARNUM'S DIGEST

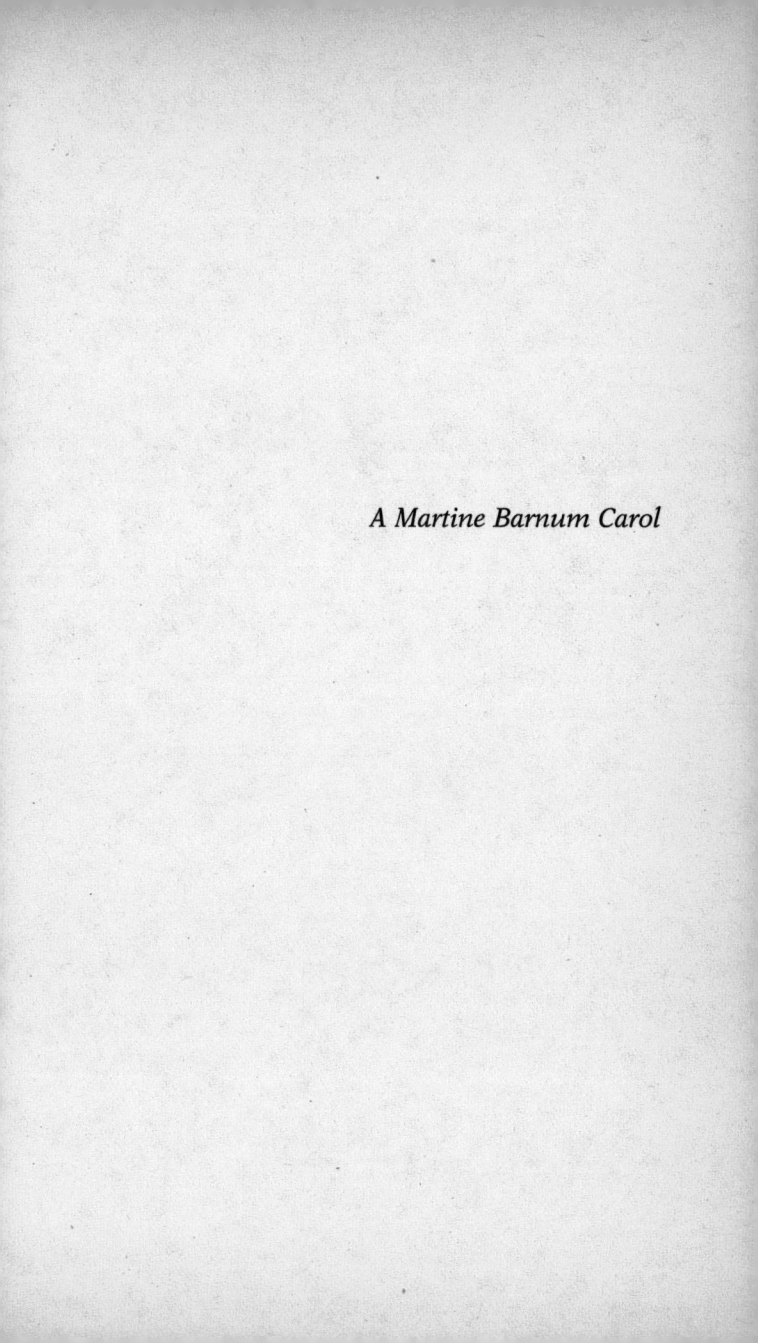

A Martine Barnum Carol

A NAGEOIRES

La Sirène est une bête, blonde en général
Qui se choisit un coin dans une mer fréquentée
Et s'étend sur un gros caillou
En guettant les hardis navigateurs
Pour des motifs extra-nautiques.

La Sirène gueule comme un putois
Tout d'abord, pour attirer les hommes
Mais en réalité, afin d'également prouver
Qu'elle n'est pas un vrai poisson.

Malgré ce complexe d'infériorité
Elle n'hésite jamais à faire des avances aux gros
                                          [capitaines poilus
Mais la Sirène n'a pas de veine
Car depuis Monsieur Dufrenne
On sait que les marins ont (parfois) de mauvaises
                                                      [mœurs.

A DOUBLE ENTRÉE

Il y a de multiples distractions de société
On peut se tenir par la main, les regards croisés
Et se tirer la barbichette le moment venu.
On peut les faire asseoir sur ses genoux, les yeux
                                        [bandés
Et elles vous reconnaissent à votre pipe dans
                                    [votre poche.

On pourrait faire une liste très longue
Depuis touche-pipi jusqu'au jeu des sardines
En passant par la langue étrangère et le jeu
De chacun son trou, trou commun, trou du voisin
Ce serait fastidieux et pas nouveau

C'est bien plus spirituel de prendre des pinceaux
Et de passer au goudron un immense tapis
                                        [persan,
Puis de couper un homme en tout petits
                                    [morceaux,
De couper une femme en tout petits morceaux
Et de faire un hermaphrodite

Avec les tout petits morceaux judicieusement
                                    [assemblés.
Le goudron, c'était pour ne pas abîmer le tapis
Qui serait mouillé par le sang.

40

A COLLIER

Avoir un enfant avec un chien
Suppose des dons d'observation peu communs
Et la connaissance approfondie du facteur Rh.

Par un entraînement intensif
La chasse au lapin, le jeu de je-ne-peux-pas-te-
Et la course à l'os,   [sentir
On peut réussir à se placer
Au niveau intellectuel nécessaire à une saine et
                          [mutuelle compréhension.

Dans les pays où les femmes manquent
(ou sont bouchées, ce qui revient au même)
Un bon chien vaut mieux que de se masturber.

A GRIFFES

Elle disait aux voyageurs
« Comment me trouvez-vous ? »
Elle avait des grands yeux très doux
Et l'air pélagiquement songeur.

Mais quand elle prenait ses gants
Pour vous entretenir
Il valait mieux se souvenir
D'un rendez-vous zurgent.

Un (beau) jour, il vint un grand gars
Il s'appelait Œdipe
Il s'appuyait sur son pen-bas
En tirant sur sa (courte) pipe.

« Comment me trouvez-vous ? » dit-elle
Il réfléchit, et puis il ralluma sa pipe qui partait
Mal et qui jutait, et il lui dit : « Je vous trouve un
Le pire, c'est que c'était vrai.   [os. »

A LA COLLE

Quand je suis né, avec mon frère siamois
Mon père siamois m'a dit, sans se retourner
En regardant ailleurs
« Tout ça ne serait pas arrivé
Si ta mère siamoise
N'avait pas été abonnée au *Chasseur français*
Et au catalogue général de la Manufacture
d'Armes et Cycles de Saint-Etienne
(Loire)
Car
Les images de fusils à deux coups
A canons accolés, doublés, superposés
Entrelardés, télescopés, soudés à mortaise et
jumelés — ou même couplés d'une autre façon...
qui remplissent toutes les pages blanches
(Celles du début, d'où surgit soudain la gravure
double des cartouches en couleurs, avec coupe
ouverte sur les chevrotines bleues)
Car les images, donc, dit mon père siamois
Du catalogue général de la susdite manufacture
Lui ont déformé sa nature
Et le résultat
C'est toi, mon fils siamois. »

Il le prononçait au pluriel
Alors je me mis à pleurer.

A QUEUE ALTERNATIVE

Dans certaines baraques de foire
Remplies d'alguazils péruviens
Avec des grands coutelas et plein d'os de mort
                                    [dans les oreilles
On rencontre, à côté des barbanzons velus
Des cournaflûches rebondisseurs et des
                                    [tortillatres de Malte

De grosses personnes aux œils canins
Qui simulent une folie larvée
Et se recouvrent d'oripeaux
Décorés à la main par un frère convers
(Spécialisé depuis son enfance
Dans le problème de la couleur).

Naturellement, pour ses dix francs
On a droit aussi à la poussière graveleuse
A des odeurs d'ail et de raclure de pieds
A la rampe de bois cirée à la main
Et à la pancarte cornée
« Mes parents s'aimèrent en levrette. »

A PRIVATIF

Les jambes, tous les prophesseurs de fysique le
                                    [savent bien
C'est la première chose qu'on écarte
Quant aux bras, des femmes très distinguées
S'en passent (depuis fort longtemps)
Et, ma foi, elles ont raison.

D'un point de vue économique et social
Ça élimine les bracelets, les bagues
Les tatouages sur le biceps
Les bas nylon et les robes nioulouque.

Et l'on devrait rendre obligatoire
Par arrêté municipal
L'usage de la femme-tronc pour les pauvres.

A POIL

La Femme hagarde
A barbe, arabe
Etablit sa domination
Sur la tribu des Roustes, nomades pillards
Du nord-est de la Chalcédoine.

Quelquefois, elle prend sa barbe
Entre ses dents
Et souffle des fredons susurrants
A travers les fils extendus
De son ornement éolien.

Son sourire s'amenuise entre les rives végétales
Aux bords desquelles on n'ose aller se perdre
Car chaque fois, baissant sa jupe
Elle te dit : « Vous vous trompez... »

A LARD

Je n'ai jamais rencontré une femme
Qui m'ait fait regretter d'être un homme.
Je les prie de ne pas prendre ça pour un
                                    [compliment.

19 juin 1947

A CORNES

Carmen la pute, cigarière (encore un
                                    [euphémisme)
Fut synonyme de l'amour vache
Et sous l'influence du soleil d'Espagne
De l'excitation des piments poivrés
De Valladolid et d'Escarceros
Des courses de cornus cernées de barreras
On ne pouvait la voir sans désirer
La banderiller dans l'instant même.

Des envies qu'elle eut (singulières)
Il ne nous est pas accordé
De posséder le catalogue
Mais sa descendance nombreuse
(Aucune confusion possible avec celle de
                                        [Pasiphaé,
rapport au châle à franges en soie rouge de
Témoigne qu'en Escamillo   [Manille)
Elle vit un moyen commode
De se rapprocher du toro.

CANTILÈNES EN GELÉE

CHATTERIE

Aux Scorpions

Quand j'avais douze ans, on descendait
Tous en bande vers la Pointe-à-Pitre.
On cueillait des sapotes et des mombins
Sur le bord de la route jaune
Et les oiseaux jouaient à chat perché
En criant des vieux airs créoles.
La vie était en forme de dragée
Il n'y avait rien que de très doux
Et, tout de même, plein de substance...

Ma nourrice me prenait dans ses bras
A douze ans j'étais aussi grand qu'elle
Mais j'aimais encore tenir dans ma bouche
La pointe ronde et noire de ses beaux seins lourds
Nous nous étendions derrière les cannes.
Le vent bruissait parmi leurs feuilles longues
Aiguës et poudrées de soie rêche.
Ma nourrice était toujours nue
Et moi, toujours déshabillé
Aussi, nous nous entendions bien.
Elle avait une odeur sauvage
Et des dents blanches plein la figure.
La terre sentait l'orbenipellule
Et les fleurs de Kongo brûlant

51

Nous recouvraient de leur pollen orangé.

Pendant trois saisons, j'ai eu douze ans,
Parce que j'aimais tant ma nourrice,
Je ne pouvais pas la quitter.
Ma peau prenait des reflets bruns
Brûlée au soleil de la sienne
Je la touchais avec toutes mes mains ensemble
Les mains de mes yeux, celles de mon corps
Et nos membres fumaient dans l'air veiné de noir.

Je ne sais pas comment deux allumettes
Peuvent s'emmêler, mais je sais
Que nous étions bien droits l'un contre l'autre
Comme deux allumettes ; et au bout d'un instant
Un chat n'y aurait pas retrouvé ses petits...

D'ailleurs
Il savait bien que ses petits n'étaient pas là.

QU'Y A-T-IL ?

A Jacques Prévence

Premièrement :
Il y a beaucoup de mérite à épouser une femme
                    [plus jeune que soi
Il y a beaucoup de mérite à épouser une femme
Il y a beaucoup de mérite à épouser
Il y a beaucoup de mérite
Sans compter les emmerdements.

Deuxièmement :
Il y a beaucoup de mérite à épouser une femme
                    [plus vieille que soi
Il y a beaucoup de mérite à épouser une femme
Il y a beaucoup de mérite
A épouser.
Il y a beaucoup de mérite
Sans compter qu'il y a des emmerdements.

Troisièmement :
Il y a beaucoup d'emmerdements
Sans compter le mérite d'épouser une femme.

LA VIE EN ROUGE

A Edith

Les mères vous font en saignant
Et vous tiennent toute la vie
Par un ruban de chair à vif
On est élevé dans des cages
On vit en mâchant des morceaux
De seins arrachés en saignant
Qu'on accroche au bord des berceaux
On a du sang sur tout le corps.
Et comme on n'aime pas le voir
On fait couler celui des autres
Un jour, il n'y en aura plus
On sera libres.

CHANSON

A Emile Verhaeren

Avec deux couplets

1

Les villes tentaculai-ai-reu
Les villes tenthaculai-reu
Les villes tantan
Les villes tata
Les villes cucu
Les villes tantakulè-è-reu
Les villes thantackulair.

2

Les vils tathankulai-ai-reu
Les vils thatanculai-reu
Les vils tata

Les vils tantan
Les vils cucu
Les vils tattanculè-è-reu
Les vils ttatanckulairs.

LES ARAIGNÉES

A Odette Bost

Dans les maisons où les enfants meurent
Il entre de très vieilles personnes.
Elles s'asseyent dans l'antichambre
Leur canne entre leurs genoux noirs.
Elles écoutent, hochent la tête.

Toutes les fois que l'enfant tousse
Leurs mains s'agrippent à leurs cœurs
Et font des grandes araignées jaunes
Et la toux se déchire au coin des meubles
En s'élevant, molle comme un papillon pâle
Et se heurte au plafond pesant.

Elles ont de vagues sourires
Et la toux de l'enfant s'arrête
Et les grandes araignées jaunes
Se reposent, en tremblant,
Sur les poignées de buis poli
Des cannes, entre les genoux durs.

Et puis, lorsque l'enfant est mort
Elles se lèvent, et vont ailleurs...

LE GRAND PASSAGE

A Brenot

Le seuil de l'immortalité
Est assez haut, en pierre, avec des plantes
On ne s'apercevait pas du tout qu'on le passait
Mais de l'autre côté
Des tripotées
D'oiseaux sans ailes ni sans eaux
Poussaient des cris d'échiran...

11 avril 1946

LES INSTANFATAUX

A Raymond-le-Chien

Ah oui ça c'est bien vrai
Que c'était pas comme ça
De mon temps de ton temps
On respectait les vieux
On marchait sul trottoir
On la tournait sa langue
Dissette fois dans sa bouche
Avant d'oser causer
Et les gauloiz coûtaient
Dix centimes-deux sous
Mais ils ont tout changé
On n'a plus de respect
Pour les vieux pour les vieux
On fait l'amour avec
Des sinjenpantalons
On roul dans des voitures
Qui marche-t-au pétrole
Et puis et puis surtout
Ah merde merde merde
On est vieux, on est vieux...

LA VRAIE RIGOLADE

A Raymond-le-Chêne

Dans l'métro, ça y sent mauvais
Et on n'a l'y droit d'y rien faire :
« Défense de cracher du sang »
« Défense de fumer des harengs »
« Les places tamponnées sette et uitte
Sont réservotées aux squelettes
Et aux lépreux et aux jésuites
Par ordre de prioritette. »
On sort, et là, i faut qu'on jette
Les cadavres dans la corbeille
Et au Luxembourg c'est pareille
« On n'a pas l'droit d'brouter l'oseille »
« I faut tnir les cercueils en laisse »
« Faut pas marcher sur le curé »
Et pour se reposir la faisse
Faut qula chaisière se soye tirée.
Viens au bistro c'est bien plus chouette
On peut apporter sa cuvette
On peut cracher tout l'sang qu'on veut
Laisser les cercueilles se marrer
Danser le souingue sur le curé
Et fumer des têtes coupées.
Céti pas mieux ? Céti pas mieux ?

LES ISLES

A Lucien Coutaud

Il y a des isles dans la mer Noire
Elles sont en pierre froide et pâle
On y est toujours tout seul
Et on entre dans des châteaux
Pleins de chambres dans des murs
Et on trouve des femmes molles
Des grosses femmes blanches douces
Etalées sur des lits ouverts
Il monte un fumet de leurs poils
En minces volutes frisées
Bleu dans l'air incolore des chambres
Il ne faut pas s'arrêter
Car elles sont là, elles attendent
Elles peuvent faire n'importe quoi
Elles prennent toutes les formes
Elles coulent comme de l'eau.
Il ne faut pas aller dans les isles de la mer Noire
Il vaut mieux acheter du jambon.

9 février 1948

DES GOÛTS ET DES COULEURS

A Félix Labisse

Il y a des sexes courts
Et d'autres pendent aux genoux,
Rayés de jaune et de violet
Comme l'ombre du soleil à travers la grille
Et les femmes, certaines sentent
Le bouillon de lapin sauvage.
C'est bon, avec du pain grillé.

11 avril 1946

PRÉCISIONS SUR LA VIE

A mes zenfants

La vie, ça tient de diverses choses
En un sens, ça ne se discute pas
Mais on peut toujours changer de sens
Parce que rien n'est intéressant comme une
La vie, c'est beau et c'est grand.   [discussion
Ça comporte des phases alternées
Avec une régularité qui tient du prodige
Puisqu'une phase en suit toujours une autre
La vie, c'est plein d'intérêt.
Ça va, ça vient... comme les zèbres.

Il peut se faire que l'on meure
— Même, ça peut très bien se faire
Mais pourtant, ça n'y change rien :
La vie tient de diverses choses
Et par certains côtés, en outre,
Se rattache à d'autres phénomènes
Encore mal étudiés, mal connus,
Sur lesquels nous ne reviendrons pas.

9 février 1948

LES MERS DE CHINE

A Simone de Beauvoir

Ces filles que l'on voit pour la première fois
Ce n'est rien — on les croise —
Elles ont des yeux si durs
Et des corps si durs et tannés par le soleil
On a envie de les faire pleurer.

Elles sont fermées sur elles-mêmes.
Sur rien.
Elles sont si bien fermées qu'on s'imagine.
On voudrait qu'elles pleurent longtemps.
On espère toujours qu'il viendrait le sang
Au bout des larmes.
Elles rient, et rejettent leurs cheveux durs
Raides — ou frisés et dressés en coques dures
Mais on attendrait bien longtemps
Il n'y a que les larmes
Incolores — tièdes — inutiles —
Elles sont comme ces boutons sur la peau
Roses, gonflés, riches de quelque chose
On les presse — et ce n'est qu'humeur
Fade — blanche — inutile.

Il faudrait les déchirer,

Les fouiller profondément avec des lames de
Découper leur bouche en lanières.   [rasoir
Il y aurait une langue de lèvre sur chaque dent
Il faudrait les perfectionner
Leur fendre un second sexe en travers
Si bien que l'homme sur la femme
Cela ferait comme une croix
Et on pourrait marcher dessus sans crainte
Il faudrait les creuser, les vider
De cette méchanceté de vide, qu'elles portent,
Se rendre compte qu'il n'y a rien.
Pourtant, on voudrait qu'elles pleurent.
On espère toujours voir pleurer le néant.

Les déchirer avec des lames de rasoir
Ou de longs rasoirs droits tenus par des ficelles
On irait les déchirer avec les rasoirs
Comme on va passer le bachot
Avec un encrier au bout d'une ficelle.
Lorsque l'on fait tourner la ficelle

Autour de sa tête, le rasoir tourne à son tour
Sur lui-même, avec un rauque ronflement
Les blessures sont belles : de petits creux nets
Pareils à des morsures dans des prunes.

Naturellement, elles en meurent — pour se
                              [venger —
Et elles restent elles-mêmes, dures et froides
On ne peut plus les faire pleurer
On doit les écraser, avec des masses de fonte,
Mélanger le sang et les os
Puis en couper des petits cubes
Et les vendre
Dans un papier jaune et chocolat.

On peut même envelopper cinq cubes à la fois
Dans un autre papier — genre sulfurisé
Car on doit, toujours et partout   [artificiel —
Respecter le système décimal
Créé par l'homme à son image.

13 juin 1947

PREMIER AMOUR

A Jean Boullet
pour lui changer les idées

Quand un homme aime une femme
D'abord, il la prend sur ses genoux
Il a soin de relever la robe
Pour ne pas abîmer son pantalon
Car une étoffe sur une étoffe,
Ça use l'étoffe.
Ensuite, il vérifie avec sa langue
Si on lui a bien enlevé les amygdales
Sinon, en effet ce serait contagieux.
Et puis, comme il faut occuper ses mains,
Il cherche, aussi loin qu'il peut chercher
Il a vite fait de constater
La présence effective et réelle de la queue
D'une souris blanche tachée de sang
Et il tire, tendrement, sur la petite ficelle
Pour avaler le tampax.

10 mai 1947

LA LICORNE

A toi

C'était au mois de mai, il faisait clair
J'avais le cœur d'un joli vert amande
 Auprès des arbres, avec des branches en anneau
Nous nous sommes serrés dans les bras l'un de
[l'autre.

Il faut dire, à ma décharge
— Mais ne nous égarons pas —
Que tout cela se passait sur l'herbe.
On peut compter le nombre des petites bêtes
 Que j'ai tuées parce qu'elles montaient trop haut
Le long de tes jambes.
Il a fallu les achever, une par une
Comme font les Anglais chez les Boers
A grands coups de lance. Les salauds !
Il y a une certaine ivresse
(Une ivresse certaine, entendons-nous)
A s'aimer en plein champ sous l'œil d'une licorne
Ça donne des idées de grandeur
C'est propre, et puis c'est pas méchant.

Les fermiers venaient aussi nous regarder.

Comme j'avais du temps de reste
— Tu ne peux plus te souvenir, car je dormais —
Je suis parti plus loin. Près d'une haie
Une fille blonde aux seins roux
M'a pendu par le cou au crochet d'un boucher.
Il faut dire, à sa décharge
— Mais ne nous égarons pas —
Que je la gênais, car la folle
Avait envie de toi, tout comme moi,
Et tu sais que je suis honnête.
Aussi, dis-moi, qu'avez-vous fait ?

Lorsque nous sommes revenus, le lendemain
Il n'y avait plus de licorne.

Mais une vache, avec une corne-z-au-pluriel,
C'est quand même un prétexte très valable
Surtout quand on... comme un Turc.

Il faut dire, à leur décharge
Que les Turcs ont une solide réputation.

Mais maintenant, le mois de mai est fini
Alors on ne bouge plus jusqu'à l'année prochaine.

LES MOUCHES

A Jean-Paul { *Sartre*
             Oudin

Des hommes se promènent dans la rue.

Certains ont l'œil éteint comme une chaussette
                                          [sale.
Une morve récurrente leur obstrue les cornets du
                                          [nez.

D'autres, brillants, le regard vif
Tournent leur canne en s'en allant.

Tous sont des enculeurs de mouches.
Mais il y a deux façons d'enculer les mouches :

Avec ou sans leur consentement.

24 avril 1947

... LES MAINS PLEINES

Aux innocents

Si on vous demandait, à brûle-chemise,
L'innocence est-elle une vertu ?
Moi, je ne répondrais pas.
Je chercherais un faux-fuyant.
Je dirais : « Avez-vous lu Cézanne ? »

Certaines personnes oublient de mentir
Et affirment : « Je ne sais pas ! »
On ne peut pas toutes les forcer.

Naturellement, l'innocence n'est pas une vertu
Parce que, depuis le temps, on s'en douterait.
Ma tante avait plein de vertus.
Elle les a toujours. Et elle est vieille.
Les Grecs aussi avaient des vertus
Et les Grecs n'étaient pas innocents
Puisqu'ils ont guillotiné Socrate.

C'est difficile de juger, évidemment, on n'y était
Mais le plus sûr, en pareille circonstance,   [pas.

71

C'est de s'abstenir de répondre
Et de chercher un faux-fuyant...

Si on n'en trouve pas, on peut toujours se
[suicider.

9 février 1948

MA SŒUR

A la mère Pouche

J'avais demandé, pour mes quatorze ans
    Une sœur de mon âge
Elle est arrivée dans un panier blanc
    Une rose au corsage
J'ai défait le nœud du ruban de soie
    Qui la tenait captive
Et j'ai donné dix sous au commissionnaire.
Elle avait des yeux comme des balais
Une bouche en forme de rémoulade
Un œil de fémur, un port de jument
Elle était ravissante.
J'aime beaucoup les jolies filles
Je les prends dans mes bras
Je les renifle, je les touche,
Je les serre et je m'en sers
J'étais content d'avoir une sœur

Mais je regrettais mes dix sous.

9 février 1948

LE FOND DE MON CŒUR

A moi

Je vais être sincère — une fois n'est pas
Voilà :   [coutume —
Je serai content quand on dira
Au téléphone — s'il y en a-t-encore
Quand on dira
V comme Vian...

J'ai de la veine que mon nom ne commence pas
                                          [par un Q
Parce que Q comme Vian, ça me vexerait.

ART POÉTIQUE

A Victorugo

Il est évident que le poète écrit
Sous le coup de l'inspiration
Mais il y a des gens à qui les coups ne font rien.

LES FRÈRES

Dans un chemin banal
Du côté de la Somme
Il y avait quatre hommes
Et pas de caporal

Le premier s'appelait Jules.

Il posait des gouttières et réparait les vitres
Et dans sa vie privée, il était somnambule
Tous les lundis matin, il avait mal au crâne
 Y a qu'à la fin d'la s'maine que l'on se porte bien
Ses cheveux étaient frisés
Nez droit, yeux bleus
Bouche ordinaire, menton rond
Taille : un mètre soixante-deux
Signes particuliers : néant.
Un jour, il fit la connaissance
D'une fille très remarquable.
Elle n'était pas comme les autres.
Vu qu'il penchait pour la décence
Et qu'elle voulait rester convenable
Ils firent de leur côté ce que l'on fait du nôtre
Ils eurent de ce fait deux enfants sans effort.

Le second s'appelait Victor.

Il vendait des cravates et des pierres à briquet
Et dans sa vie privée il souffrait de ses cors
Tous les lundis matin il buvait beaucoup d'eau
Y a qu'à la fin d'la s'maine que l'on se porte bien.
Son nez ? un rien busqué
Zyeux noirs, cheveux noirs
Bouche ordinaire, menton rond
Taille : un mètre cinquante-huit
Signes particuliers : néant.
Un jour qu'il allait au travail
Une fille au regard troublant
Vint à passer sur son chemin
Cela fit sortir de ses rails
Le wagon de ses sentiments.
Ils se collèrent le lendemain.
Tous les samedis soir, ils jouaient au billard.

L'troisième s'appelait Léon.

Il était chien dentiste et vivait de chicots
Et, dans sa vie privée, il avait des visions.
Tous les lundis matin, sa bouche était toute sèche
Y a qu'à la fin d'la s'maine que l'on se porte bien.
Ses yeux avaient des reflets verts
Cheveux châtains, nez en trompette
Bouche ordinaire, menton rond
Taille : un mètre soixante-sept
Signes particuliers : néant.
Un beau jour, il eut l'avantage
De s'aventurer par hasard
Dans la chambre de sa servante
Qui vivait au sixième étage
Il y retourna tous les soirs.

Elle devint si fainéante
Qu'il lui offrit son lit et lui paya une bonne.

L'dernier s'nommait Michel.

L'dernier s'nommait Michel, il était cuisinier
Et, dans sa vie privée, il avait la gravelle
Tous les lundis matin, sa mâchoire lui faisait mal
Y a qu'à la fin d'la s'maine que l'on se porte bien.
Ses cheveux étaient roux foncé
Nez moyen, œils bruns
Bouche ordinaire, menton rond
Taille : un mètre quatre-vingts
Signes particuliers : néant.
Un jour, il lui tomba la chance
De nouer quelques relations
Avec la jolie Marinette
Qui exerçait — avec conscience —
De modiste — la profession.
Pour elle, il conçut la recette
De l'organdi en croûte à la sauce aux dentelles.

Comme ils étaient copains, ils s'habil-laient pareil
Un pantalon crasseux, d'ignobles go-dillots
Une lourde capote en tissu pour chevaux Un fusil
tout graisseux, des bandes molletières,
Un casque ridicule, une gourde pour boire.
Comme ils étaient copains, ils ne se quittaient
                                          [pas :
Ils mettaient tout ensemble et se partageaient
                                          [tout :
Nez busqué, nez moyen, nez droit, nez en
Bouche ordinaire, menton rond.   [trompette,
Même, depuis un bout de temps,
Comme ils étaient copains, ils s'habillaient
                                          [pareil :

78

On n'faisait pas d'jaloux : y avait pour chacun
[d'eux
Un bon mètre de terre avec une petite croix.

Signe particulier : néant.

6 février 1949

POÈMES INÉDITS

Monsieur de Bergerac
Un nom sur un mur
Et les douze trous des projectiles
Et chacun d'eux cerné de sang
Tous, sauf le douzième
Celui du petit blond pâlot
Qui n'avait ja-ja-jamais su tirer
Un coup.

11 avril 1946

SOUS LE BANIAN

Ouvrir au jour sa fenêtre
Et pisser sur les passants[1]
Ça c'est amusant.

S'en aller à la campagne
Se chatouiller, à plat dos
Loin du gars Bidault.

Entreprendre un safari
Et chasser le gonocoque
Du haut Orénoque.

Nager dans l'eau savonneuse
Et souffler avec son culle
Pour y faire des bulles.

Annuler une tantouze
En lui coulant un bouchon
Avec du béton.

Relever des robes bleues
Et glisser une main mâle
Au milieu des poiles.

1. Ou sur Jean Paulhan, ou sur Marcel Arland.

Pétrir les seins d'une fille
Sous un chandail opéra
De laine angora.

Monter sur la guillotine
Pour y poser un étron
Gras, fumant et rond.

Dans un chemin de traverse
Manger des fraises des bois
Juste moi et toi.

Et pour servir la patrie
Te baiser toute la vie
C'est ça la vie.

Juin 1946

DELIGNY

Il faut bien se le dire, avec tristesse
Les femmes jolies nues ne coïncident jamais
Avec les jolies habillées
Il y a naturellement des exceptions
Ma femme, pour commencer. La vôtre aussi
Si vous avez écrit ces lignes
Mais je ne le crois pas, vous mentez comme je
                                        [respire.

LA VASELINE

La vaseline et les préservatifs
Devraient être interdits par voie d'affiche
Car ces deux institutions
Faussent de con-t-en fomble
Les rapports sentimentaux des êtres
                              [sentimentaux.

19 avril 1947

AU DÉBUT, LA BEAUTÉ

Au début, la beauté, pour les messieurs
C'était des poils, de toutes les sortes
Au nez, au cul, sur le thorax
Ou même en forme de barbe
On portait aussi le ventre
Et les épaules trop larges payaient la taxe
Seulement, on a protesté
(Personne ne sait plus qui, car il l'a regretté
[après).

Alors un homme nouveau
(Et pas un self-made man, vu qu'il serait un con,
S'est donné la peine de naître
Il s'entraîna depuis son plus jeune âge
Et devint beau comme Jean Marais
Grâce à la quintovence de l'abbé de Frileuse
Il pratiquait tous les sports de salon
Depuis la pédérastie combinée jusqu'au pistolet
[Eureka
Mais on l'accusa de ne pas être un homme
Aussi, pour prouver le contraire, il a eu un enfant
[avec un chien
Ah ! Ah ! Vous êtes bien embêtés.

24 avril 1947

IL EST TEMPS

Il est temps qu'un texte de loi
Prive les éditeurs de leurs droits
Puisqu'on fourre en prison les souteneurs
                              [ordinaires
Et encore... eux... leurs putains les aiment.

ON A MIS DES AFFICHES

On a mis des affiches pour qu'ils aient peur
Elles collent au mur comme des sangsues
Ils passent près d'elles, en s'écartant
Car elles peuvent remuer malgré tout
Des deux côtés des couloirs, elles guettent
Et il y a le panneau tous les vingt pas :
« Défense de cracher du sang. »
Mais qui pourrait cracher du sang ?...

CHANSON GALANTE

Je voudrais te renverser
Où tu sais
Un pot de Khonfiture
De groseilles de saison
Ma Lison
Bien rouges et bien mûres.

A coups de langue mutins
Le matin
Je prélèverai ma dose
Et tu prendras en retour
Mon amour
Ta ration de gyraldose.

BONJOUR, CHIEN

J'avise un chien dans la rue
Je lui dis : comment vas-tu, chien ?
Croyez-vous qu'il me répondrait ?
Non ? Eh bien il me répond quand même
Et ça ne vous regarde pas
Alors quand on voit des gens
Qui passent sans même remarquer les chiens
On a honte pour leurs parents
Et pour les parents de leurs parents
Parce qu'une si mauvaise éducation
Ça demande au moins... et je ne suis pas généreux
Trois générations, avec une syphilis héréditaire
Mais j'ajoute pour ne vexer personne
Que bon nombre de chiens ne parlent pas
                                        [souvent.

9 février 1948

A FORCE DE LES VOIR

A force de les voir
Il y a des mots qui vous rendraient malades
  Des mots connus mais très dangereux à manier
Sauf si on les entoure de musique
On met bien du sucre autour des amandes
Des mots comme sable, herbe   [amères
Comme soleil, comme étendus côte à côte
Comme peau dorée, comme cheveux blonds
Comme dents brillantes et lèvres salées
Et puis d'autres mots, encore plus dangereux
« Personne à l'horizon, on peut y aller. »
Et les plus dangereux de tous :
« C'est encore meilleur la cinquième fois. »
Heureusement, des tripotées de vieux zingues
Fabriquent de la phénoménologie à tire-larigot
Et vous balancent des bombes atomiques par le
                              [travers de la gueule...
Je m'excuse... le souffle de l'inspiration...
C'est pas tous les jours que la muse vous visite.

DE L'AMOUR LENTE...

Armand Salacrou, de l'Académie Goncourt, auteur dramatique à succès, connut aussi la célébrité, et une confortable aisance, sous divers pseudonymes : la Marie-Rose (« la mort parfumée des poux »), le Thé des Familles et autres produits parapharmaceutiques que fabriquaient ses laboratoires, heureux héritage familial. Boris Vian pleure ici le triste sort de la petite Française Marie-Rose, si vaillante contre les poux et les lentes, et que le DDT a assassinée.

De l'amour lente naît l'époux
J'ai toute ma tête au bout de ton cou.

Le ciel fait de l'ombre au fond de l'eau
Ce n'est pas très vrai mais c'est très très beau.

Dehors, l'époux de la Marie rôde
et la Marie-Rose a tué l'époux
Qui est fabriquée par A. Salacrou.
J'ai toute ma toute au fond de ton fond
Pourtant Salacrou rime avec trou.

Comme on met sur la branche un peu de
[Marie -Rose

Car c'est le mois de met, de mai, de Marie
Marie m'arrimait mais Marie m'a ri
Ohnet. J'ai donc largué l'amarre.

Mais les Amerlauds ont du DDT
Et Salacrou doit être embêté
Fini l'amour lente et fini l'époux
Il n'y a plus d'amour.

MONSIEUR VICTOR

*Paroles et musique de Jean Valjean
une chanson à cinq cents balles
(sans les artistes)*

On y a fait des funérailles nationales
Ce salaud-là
Un p'tit cortège qu'avait vraiment rien d'sale
Ce salaud-là
Y avait Juliette
Qui chialait comme un veau
La salope
Et y avait le président
Un sourire au coin d'la gueule
Et Totor qu'allait tout seul dans le noir
Assis dans son corbillard
Et tout l'monde se marrait
Fini le bobinard.

Monsieur Victor
Vous ne banderez plus
La mort vous tient du crâne jusqu'au cul.

RUE TRAVERSIÈRE

Dans la rue Traversière
Il y poussait des roses
Et tout un tas d'aut' choses
Que personne ne voyait.

Dans la rue Traversière
Y avait un vieux bébé
Qui pleurait à la f'nêtre
Pac' qu'il allait tomber.

Dans la rue Traversière
Y avait un' grand-maman
Qui montrait son derrière
Pour deux cent trente-cinq francs.

Dans la rue Traversière
Silencieux près d'une borne
Y avait un mirlitaire
Les pieds dans son bicorne.

Dans la rue Traversière
Y avait un inventeur
Qui f'sait des montgolfières
En noir et en couleurs.

Dans la rue Traversière
Y avait une guillotine

Qui coupait des cigares
Pour le papa d'Aline.

Dans la rue Traversière
Y avait des amoureux
Sous les portes cochères
Qui se comptaient les yeux.

Dans la rue Traversière
Y avait des lions féroces
Habillés en cosaques
Pour aller à la noce.

Dans la rue Traversière
On n'y passait jamais
C'était pas une vraie rue
Et tout l'monde était mort...

Septembre 1952

LETTRE EN VERS ADRESSÉE A RAYMOND QUENEAU, SATRAPE, ALORS A SIENNE, EN TOSCANE

Le titre donné à cette épître rimée par son premier éditeur, le Collège de 'Pataphysique *(Dossier 12*, 9 gidouille 87 = 23 juin 1960), indique assez les circonstances où elle fut, en septembre 1952, écrite.

La préface dont parle Boris Vian dans la seconde strophe du poème est la préface, maintenant célèbre, de Raymond Queneau à *L'Arrache-Cœur* qui devait paraître en janvier 1953.

Sur les activités de Raymond Queneau à Sienne, on peut lire son sonnet *En avril ne te découvre que d'un soleil* (*Sonnets*, Editions Hautefeuille, 1958) :

Il fait beau sous les toits derrière la persienne
Le soleil en fusion en sort tout laminé
Il en était ainsi quand je siestais à Sienne
Ville d'Italie où l'on a très chaud l'été

Ne croua pas, rémon, que je vœil
de ton repos trancher le fil
j'aimerais mieux m'araché l'œil
me plumer l'arbre fœil à fœil
me l'accomoder au cerfœil
que de nourrir des seins si vil

les kelques mots formant préface
évokés par mon écrivoir
et qu'il me plet tant que tu face
puiske ta plume est lace lace
s'ils atendaient que tu rentraces
le mal ne serait pas bien nouar

comme iceux voyageux illustres
jadis profitèrent de Sienne
dors en cette cité lacustre
solace t'y sur les balustres
et si des vian te tarabustre
dis-y vatendonvoirsilvienne

il est bon que tu te reposes
car tu as bien galimardé
va déguster des glaces roses
récure bien ta glande à prose
prépare la pour otre chose
et te laisse pas emmardé

je te dis pas mon cher fratère
de butiner comme une avette
car les jolis hyménoptères
pour litali jamais n'optères
et ces réduits zélicoptères
sont réservés zomonthymette

mais je te souette cependant
de recueillir sur les chemins
que tu t'en iras regardant
(le nerf scripteur pas trop bandant)
de recueillir à grande dant
le suc de ton bouqu(e) de demin

baurice

Septembre 1952

ILE DÉSERTE

Les enfants de maintenant
Quand ils ont cainze à vaint ans
Ils sont tristes et silencieux
Ils ont peur des vieux vicieux
Ils s'ennuient dans les cafés
Et rien ne leur fait d'effet
Et quand on leur parle bas
D'abord ils ont encore peur
Et puis peu à peu ils s'ouvrent
Et ils osent vous répondre
et les garçons ils vous disent
Il n'y a pas de travail
On ne peut pas accepter
De travailler que pour manger
Et puis il y aura la guerre
Et on a mal de devoir attendre
Les arbres sont verts avec des yeux tendres
Le soleil est là, et dans cinquante ans
On aura la peau si épaisse
Qu'il ne la traversera plus
Et à quoi bon, à quoi bon
On sera vieux ou bien perclus
Et on n'en profitera plus
Et les filles
Elles n'aiment pas les hommes
Un homme ça peut blesser
Ça peut acheter, salir, ça peut faire un enfant

102

Il faut travailler, on est si jolies
On va s'abîmer
Les filles laides n'ont pas de problème
Ou tout au moins le problème est résolu
D'autres pensent : les gens qui passent
Ils attendent leur autobus
Comment voulez-vous vivre avec
Des gens qui s'intéressent à l'autobus
Ça ne tient pas debout
Alors, les frères ? On s'en va
Vivre sur une île déserte ?
Il n'y a pas d'île déserte
Mais on peut toujours y croire
Sans engagement de votre part
On va s'en fabriquer une
Ça, alors, ça simplifie tout
Mais l'île déserte prend l'eau
Car depuis qu'on n'en fait plus
Comme pour les très vieux violons
Le secret s'en est perdu.

CANTATE DES BOÎTES

La cantate appartient au genre noble. C'est, par définition, un poème, quoique destiné à être mis en musique, et non une chanson.

Il est donc juste d'inclure la *Cantate des Boîtes* de Boris Vian dans son œuvre poétique. Boris l'écrivit le 28 mai 1954.

Alain Goraguer, d'abord pianiste de Simone Alma qui interprétait plusieurs chansons de Boris Vian, se liera très vite d'amitié avec Boris et deviendra son accompagnateur. Outre Jimmy Walter et Henri Salvador, il sera le compositeur avec qui Boris collaborera le plus fréquemment. C'est à lui qu'échut l'honneur de faire de la *Cantate des Boîtes* réellement une cantate, en en écrivant la musique. (Signalons que le mot BOÎTES, quand il apparaît en majuscules dans le texte, constitue le « récitatif » de la cantate et n'est pas chanté, mais hurlé.)

La *Cantate des Boîtes* a été publiée pour la première fois, du vivant de Boris Vian, dans le numéro 25 des *Cahiers du Collège de 'Pataphysique* (3 décervelage 84 = 31 décembre 1956).

A l'astre de nos jours
On dédie des tas d'odes
Au dieu de nos amours
Des tas de poésies
Aux femmes de toujours
On consacre la mode
Et aux topinambours
D'âpres monographies.

Tout ça est bien injuste
Tout ça me tarabuste
Tout ça me rend très truste
Car tout le monde oublie
La chose inévitable
La chose capitale
Qui commande nos vies
Comme nos morts d'ailleurs

Elément dominant
De la civilisation moderne
Instrument agissant
Qui joue le rôle de lanterne
Pour les chercheurs de toute espèce
Perdus dans la ténèbre épaisse
Depuis Platon jusqu'à Lucrèce
Et de l'oncle jusqu'à la nièce
En passant par les grands de Grèce
Et par le boulevard Barbès
Puisqu'il faut la nommer

  la BOÎTE

Boîte que l'on exploite
Boîte large ou étroite
Et qui s'emboîte ou se déboîte
Boîte que l'on convoite
Boîte à gauche ou à droite
Garnie de sciure ou d'ouate

BOÎTES

Boîtes à malice ou boîte à sel
Boîte à huile et boîte à ficelle
Baguier, trousse ou boîtillon
Buste, canastre ou serron
Castre, cassette, carton
Coffret, drageoir, esquipot
Droguier, fourniment, fourreau
Carré, coutelière ou barse
Galon, giberne et grimace
Utricule ou vésicule
Pyxide ou boîte à pilules
Boîte à poudre d'escampette
Boîte à outils, à gâteaux
Boîte à onglet, boîte à lettres
Tabagie, boîte saunière
Boîte avant ou boîte arrière
De vitesses, de lenteur
Boîte à prendre les souris
Tiroir, layette ou trémie
Boîte à buter les facteurs

BOÎTES

On peut tout mettre dans les boîtes
Des cancrelats et des savates
Ou des œufs durs à la tomate
Et des objets compromettants
On peut y mettre aussi des gens
Et même les gens bien vivants
Et intelligents
Oui oui décidément la boîte
Est bien le plus indispensable
Des progrès faits depuis les temps
Que l'on nomme préhistoriques
Faute d'un terme plus subtil
Pour désigner la vague époque
Où le dinosaure dînait

Dans les marais de l'Orénoque
Où le brontosaure brutal
Broutait des brouets brépugnants
Où le ptérodactyle enfin
Ancêtre extrêmement voisin
Du sténodactyle ordinaire
Ouvrait pareil à Lucifer
Des ailes de vieux cuir de veau
Dans un crépuscule indigo
En faisant claquer ses mâchoires
Pour effrayer nos grands-parents.

Différence fondamentale
Avec notre vie d'aujourd'hui
La boîte, messeigneurs, n'existait pas encore.

   BOÎTES

Je vous aime toutes, je vous aime
Vous vous suffisez à vous-mêmes
Et jamais ne nous encombrez.

Car pour ranger les BOÎTES
              les BOÎTES
              les BOÎTES
On les met dans des BOÎTES
Et on peut les garder.

28 mai 1954

RUE WATT

La rue Watt traverse les voies — qui, parfois, la surplombent — de la gare des marchandises d'Austerlitz. Existe-t-elle ? Il n'y a pas de maisons et personne n'y passe, sauf les employés du chemin de fer. Elle mène du quai de la Gare à la rue du Chevaleret. L'endroit est admirablement sinistre. C'est à Raymond Queneau, familier des lieux étranges de Paris (et de Venise), que Boris Vian dut la révélation de la rue Watt.

Dans la rue Watt donne, tout aussi déprimante, la rue de la Croix-Jarry, une rue courte, rongée par les mauvaises herbes, qui se termine en impasse sur des terrains vagues à quelques mètres du boulevard Masséna. Avant de faire goûter le charme de ces lieux à Boris Vian, Raymond Queneau y avait initié son ami Elie Lascaux qui a peint la rue de la Croix-Jarry sur une toile de 1937 (collection Raymond Queneau, reproduite dans *Dossier 20* du Collège de 'Pataphysique).

Le poème de Boris Vian est de juillet 1954.

    Lorsque j'y ai zété
    Pour la première fois
    C'était en février

Mais il faisait pas froid
Des clochards somnolaient
Sur les grilles fumantes
Et les moulins tournaient
Dans la nuit murmurante
J'étais avec Raymond
Qui m'a dit mon colon
Il faut que tu constates
Qu'y a rien comme la rue Watt.

Une rue bordée de colonnes
Où y a jamais personne
Y a simplement en l'air
Des voies de chemin de fer
Où passent des lanternes
Tenues par des gens courts
Qu'ont les talons qui sonnent
Sur ces allées grillées
Sur ces colonnes de fonte
Qui viennent du Parthénon
On l'appelle la rue Watt
Pace que c'est la plus bath.

C'est une rue couverte
C'est une rue ouverte
C'est une rue déserte
Qui remonte aux deux bouts
Des chats décolorés
Filent en prise directe
Sans jamais s'arrêter
Parce qu'il y pleut jamais
Le jour c'est moins joli
Alors on va la nuit
Pour traîner ses savates
Le long de la rue Watt.

Y a des rues dont on cause
Qu'ont pourtant pas grand-chose
Des rues sans caractère

Juste un peu putassières
Mais au bout de Paris
Près d'la gare d'Austerlitz
Vierge et vague et morose
La rue Watt se repose
Un jour j'achèterai
Quelques mètres carrés
Pour planter mes tomates
Là-bas dans la rue Watt.

Juillet 1954

CHANSON DE CHARME

Chérie viens près de moi
Ce soir je veux chanter
Une chanson pour toi.

Une chanson sans larmes
Une chanson légère
Une chanson de charme.

Le charme des matins
Emmitouflés de brume
Où valsent les lapins.

Le charme des étangs
Où de gais enfants blonds
Pêchent des caïmans.

Le charme des prairies
Que l'on fauche en été
Pour pouvoir s'y rouler.

Le charme des cuillères
Qui raclent les assiettes
Et la soupe aux yeux clairs.

Le charme de l'œuf dur.
Qui permit à Colomb
Sa plus belle invention.

Le charme des vertus
Qui donnent au péché
Goût de fruit défendu.

J'aurais pu te chanter
Une chanson de chêne
D'orme ou de peuplier

Une chanson d'érable
Une chanson de teck
Aux rimes plus durables.

Mais sans bruit ni vacarme
J'ai préféré tenter
Cette chanson de charme.

Charme du vieux notaire
Qui dans l'étude austère
Tire l'affaire au clair.

Le charme de la pluie
Roulant ses gouttes d'or
Sur le cuivre du lit.

Le charme de ton cœur
Que je vois près du mien
Quand je pense au bonheur.

Le charme des soleils
Qui tournent tout autour
Des horizons vermeils.

Et le charme des jours
Effacés de nos vies
Par la gomme des nuits.

1955

CONSEILS A UN AMI

Ami, tu veux
Devenir poète
Ne fais surtout pas
L'imbécile
N'écris pas
Des chansons trop bêtes
Même si les gourdes
Aiment ça.

N'y mets pas
L'accessoire idiot
Ou le sombrero
Du Mexique
N'y mets pas
Le parfum brûlant
Ou le cormoran
Exotique.

Mets des fleurs
Et quelques baisers
Tendrement posés
Sur ses lèvres
Mets des notes
En joli bouquet
Et puis chante-les
Dans ton cœur.

Ami, tu veux
Devenir poète
N'essaie surtout pas
D'être riche
Tu feras
De petits bijoux
Que l'on te paiera
Vingt-cinq sous.

L'éditeur
Va te proposer
De te prostituer
Sans vergogne
L'interprète
Va te discuter
Et va suggérer
Que tu rognes.

Tu riras
De ce qu'on dira
Et tu garderas
Dans ta tête
Ce refrain
Toujours inconnu
Que tu siffleras
Dans la rue...

1958

LE DOCTEUR SCHWEITZER

A son dernier printemps, celui de 1959, Boris Vian songeait à renouveler, avec Siné, l'art des images d'Epinal.

Siné se voyait évidemment confier l'illustration et Boris était chargé de tirer la morale de l'histoire.

La vie édifiante du docteur Schweitzer, que l'œuvre de Gilbert Cesbron *Il est minuit, docteur Schweitzer* avait fait pénétrer dans toutes les chaumières et chez les coiffeurs grâce aux magazines, devait constituer la première « planche » de la série.

Le docteur Albert Schweitzer, pasteur protestant, avait installé à Lambaréné, au Gabon, un hôpital fait de bric et de broc où il soignait les nègres manu militari. Il se récompensait en se jouant du Bach.

Longtemps ignoré (comme on aurait pu croire qu'il le souhaitait), le pasteur Schweitzer, découvert par des jeunes filles milliardaires curieuses d'effectuer un stage de quelques mois au chevet de l'humanité souffrante, devint après la guerre le héros d'une presse communément vouée au culte des familles royales, des champions cyclistes et de la fesse légalement monnayable. C'était une trouvaille car, sans conteste, il réunissait en une même personne trois puissants facteurs d'intérêt journalistique : la chirurgie (du sang ! du sang !), l'exotisme pimenté d'érotisme (des nègres à poil) et la mystique chrétienne aux prises avec les chimpanzés.

Mise en condition, l'opinion publique française l'aurait volontiers béatifié (s'il n'avait été protestant). Nombre de voyageurs, retour de Lambaréné, le tenaient au contraire pour une sombre ganache et une nullité sur le plan médical. Ses travaux de musicographe (car il se voulait ça aussi) sont à coup sûr très médiocres.

L'âge venant (il mourut à quatre-vingt-dix ans en 1965), l'anachorète — qu'il était peut-être au départ — se mua en un habile cabotin qui se faisait photographier sur toutes les coutures dans son domaine de Lambaréné. Par une inquiétante aberration, ce représentant type du colonialisme « bourru, mais paternel » reçut en 1952 le Prix Nobel de la Paix.

Le poème de Boris Vian fut révélé par l'inestimable *Dossier 12* du Collège de 'Pataphysique (gidouille 87 = juin 1960).

Qu'il soit minuit, qu'il soit midi
Vous me faites chier, docteur Schweitzer.

Si vous entrez dans la légende
Mettez des semelles de caoutchouc
Vos godasses de vieux trappeur
Ça fait du bruit sur les cailloux.

118

A l'avant-garde des salauds
On se couvre de votre image
Pour qui voulez-vous les remettre
En bon état, docteur Schweitzer
Ces nègres que vous recollez
Et qu'on recassera demain ?

Restez dans vos temples à la noix
Jouez de l'orgue avec vos pieds
Etudiez Bach si ça vous plaît
Mais sachez que depuis cent ans
En long, en large et en travers
Qu'il soit minuit, qu'il soit midi
Vous me faites chier, docteur Schweitzer
Il importait que ce fût dit...

1959

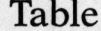

Table

POÈMES INÉDITS

Composition réalisée par JOUVE

IMPRIMÉ EN FRANCE PAR BRODARD ET TAUPIN
Usine de La Flèche (Sarthe)
LIBRAIRIE GÉNÉRALE FRANÇAISE - 43, quai de Grenelle - 75015 Paris.
ISBN : 2 - 253 - 14134 - 8